천년의
시 0054

겨울 낮잠

천년의시 0054

겨울 낮잠

1판 1쇄 펴낸날 2016년 3월 2일
지은이 윤순영
펴낸이 이재무
책임편집 박찬세
디자인 이영은
펴낸곳 (주)천년의시작
등록번호 제301-2012-033호
등록일자 2006년 1월 10일
주소 (04618) 서울시 중구 동호로27길 30, 413호(묵정동, 대학문화원)
전화 02-723-8668
팩스 02-723-8630
홈페이지 www.poempoem.com
이메일 poemsijak@hanmail.net

ⓒ윤순영, 2016, printed in Seoul, Korea

ISBN 978-89-6021-261-9 04810
　　　978-89-6021-105-6 04810(세트)

값 9,000원

겨울 낮잠

윤순영 시집

천년의시작

시인의 말

할아버지는 돌아가시기 얼마 전까지
교회 종을 치셨다.
교회 옆에 살던 나는
새벽마다 종소리에 잠이 깼고
눈을 떠보면 집에는 아무도 없었다.

지금도 가끔 종탑에 올라가
종 줄 잡아당기며 노는 꿈을 꾸는데
어릴적 할아버지가 치던 종소리는 마을을 돌아
산과 들을 건넜지만
내가 잡아당긴 종소리는 언제나 마당을 지나다 멈췄다.

마당을 지나다 멈춘 종소리
이곳에 모아본다.

겨울 낮잠이 너무 길었다.

2015년 12월 소백산 끝자락 구름채에서

차 례

시인의 말

1부

그날 ——— 13

단풍 ——— 14

삼월 ——— 15

시월 ——— 16

어떤 생일 ——— 17

십일월 ——— 18

가뭄 ——— 19

누님꽃 ——— 20

갯바위 ——— 21

가장의 무게 ——— 22

거시기 ——— 23

겨울 낮잠 ——— 25

골무꽃 ——— 26

괭이밥 ——— 27

구름 ——— 28

그리움도 냄새가 있다 ——— 29

길이 있었다 ——— 30

덧니 ——— 31

떼떼아떼떼 ——— 32

꽃삼합 ——— 33

2부

37 ——— 늦가을 언덕

38 ——— 문혜리

39 ——— 벼꽃

40 ——— 별똥별

41 ——— 보슬비

42 ——— 보호수

43 ——— 복자기나무 단풍 들다

44 ——— 봄날

45 ——— 봄앓이

46 ——— 남과 북

47 ——— 분례

48 ——— 분재 앞에서

49 ——— 빙판길 걸으며

50 ——— 허공을 붙잡다

51 ——— 상강

52 ——— 새 옷

53 ——— 새벽 세 시

54 ——— 서쪽 노을

55 ——— 섬 집

56 ——— 섬

3부

소리 나는 길 ——— 59

속살이게 ——— 60

어떤 손 ——— 61

아버지 잠꼬대 ——— 62

아버지 ——— 63

아버지와 노을 ——— 64

어스름녘 ——— 65

엄마의 밥상 ——— 66

열꽃 피다 ——— 67

오월 ——— 68

외길 ——— 69

외로움의 뿌리는 깊다 ——— 70

유리벽 닦는 사내 ——— 71

유월 뻐꾸기 운다 ——— 72

육쪽마늘 ——— 73

어떤 인연 ——— 74

잘못 걸려온 전화 ——— 75

재수 좋은 집 ——— 76

저녁 저수지 ——— 77

정지된 시간 ——— 78

4부

81 ——— 지우개밥

82 ——— 진눈깨비

83 ——— 매미 소리

84 ——— 처서

85 ——— 첫사랑

86 ——— 추분

87 ——— 큰언니

88 ——— 필름 속에서 길을 잃다

89 ——— 하얀 민들레

90 ——— 한낮 유리창 밖을 바라보며

91 ——— 호랑나비

92 ——— 흑백사진

93 ——— 흰 도라지꽃

94 ——— 가끔은 아파 볼 일이다

95 ——— 마른 꽃 피다

96 ——— 겨울 장미

97 ——— 나팔꽃

98 ——— 달개비 꽃

99 ——— 거미줄에 걸리다

100 ——— 변두리가 들어왔다

해설

101 ——— 정병근 회억과 빙의의 날들

제1부

그날

사람들이 모여들기 시작했다
잠을 자는 것 같다고 그들은 말했지만
그녀는 하나님과 이야기를 나누는 중이었다

조문객 적은 것이
사람들 보기에 쓸쓸한 일일지 모르나
그것은 그녀가 원하는 일이었기에
그녀가 먼 길 떠난 것을 아는 사람은 그리 많지 않았다

유품을 정리하던 자녀들은
그녀가 지니고 살았던 모든 것들이
진짜가 아니라는 것을 알았다
빛나던 것들은 모두 가짜였다

아무도 거들떠보지 않았던
나무 십자가만
어둠 속에서 혼자 빛나고 있었다

단풍

내리막에서 마음이 급해진 게야

어떻게 해서라도 여자이고 싶은 게야

감추려 할수록 더 선명해지는 주름 앞에

하루에도 몇 번씩

뜨거웠다 식었다

제 몸 볶아대며 붉어지는 게야

삼월

당고개행 전철이 지나가는
상계역 앞 자전거 보관대
잘못도 없이
쇠고랑을 찬 자전거가 있다

기다림에 녹슬어 핏물이 떨어져도
풀리지 않는 쇠고랑

찢겨진 안장에 사뿐히 내려앉은 봄눈
종일 돌리는 헛바퀴 속에
달려오던 꽃샘바람, 같이 돌고 있다

시월

사루비아꽃등 심지 돋는 저녁
양지쪽 돌담 알을 까고 내려오는
사마귀 한 마리 보았네
교미를 마친 후 수컷을 잡아먹는
서늘한 눈빛 아니었네

다음 날 저녁 그 사마귀 다시 보았네
사람과 마주치는 것이 귀찮은 듯
고개 돌린 채
알을 까고 내려온 돌담을 맴돌고 있었네

며칠 후 노을빛 천천히 돌담 내려올 때
사마귀 그 빛 따라 열반에 들었네
뒹굴던 낙엽 상여가 되고
바람이 곡소리를 하며 떠난 뒤
알집은 합장한 채 긴 겨울 고요히 견디었네

그때 내 나이가 열다섯이었네

어떤 생일

호랑이 앞에
팔다리 하나씩 떼어주고라도
살고 싶다며
허연 벙거지 눌러쓰고
겨울 산 오르더니

마흔다섯 고개 못 넘고
저 세상 태어난 사람아

오늘 아침
그렇게 생각난다던
맑은 모시조개 미역국
어머니와 같이 드셨는가

십일월

한여름 내 유리창을 힐끔거리던 은행나무
무성한 잎 지고 나니
숨어 있던 까치집 환히 보인다
제 몸에 지은 남의 집
헐지도 못하고 가을을 맞았다

남의 새끼 감싸느라 비에 젖고
그 새끼 울음소리에 날밤 새우던
나뭇잎 떨어져
홀로 남은 집

퍼런 저녁달 내려와 잠을 청하는데
끌어 덮을 이불이 없다

가뭄

풋자두가 가지 끝에서
마른 젖꼭지 잘근잘근 씹으며
젖을 빨고 있다

나무껍질이 어머니 손등처럼 까칠하다
시간이 지나도 나오지 않는 젖

자두는 슬며시 젖꼭지를 놓고 내려와
나무의 발을 베고 깊은 잠 든다

누님꽃

아무렇지도 않게 맑은 날[*]
진동규 시집을 읽는데
누님꽃이 있다

누님꽃?

봉제 공장 미싱에
꿈을 박고
검지 손톱 박히던 순간
붉게 튀어 오르며 피어나던

그 꽃?

● 진동규 시집 제목.

갯바위

저 미련한 놈 좀 봐
나 육지로 떠나던 날
노을빛 징허게 벌겋던 날
바람난 여편네 찾겠다고
배 타고 나가더니
아직 그대로 떠 있네

가장의 무게

바람 소리가 차 소리를 앞지르는
죽령고개 넘는 길
길에서 죽은 짐승 뜯어먹던 까마귀
먹다만 고깃덩이 물고 날았습니다
달리던 내 차를 스치는 검은 날개는 휘청거렸고
나는 온몸이 후들거려
갓길에 차를 세우고 숨을 몰아쉬는데
먹구름 몰고 온 소나기가 괜찮냐며
창문을 두드리고 지나갔습니다.
고기 한 점 물고 가다 죽을 수도 있는
그 짧은 순간 무슨 생각했을까
까마귀 날기에도 굽은 고갯길이었습니다

거시기

말하는 사람 마음에 따라
쟁기도 되고 삼태기도 되고
호미 작대기 지게도 되고
때론 회초리도 되는 말

말하는 사람 아픔에 따라
얼레지도 되고 바람꽃도 되고
노루귀 복수초 꽃다지
쇠별꽃도 되는 말

어느 해던가
온종일 논물에 발 담그고
저물녘 들어오시던 아버지
봉당에 들어서시며
나를 향해 말씀하셨지

거식아, 거시기 가서, 거시기 가져와라

어머니는 그 소릴 어떻게 아셨을까
칼질에 베인

손가락 싸매고 나오더니
우물가로 나가서 양동이 들고 오셨지
가마솥에 미리 데워놓은 뜨신 물
가득 담아 아버지 곁에 놓으셨지

거식아, 거시기가서, 거시기 가져와라
나 아무것도 알아듣지 못할 때

겨울 낮잠

초등학교 운동장엘 갔어
녹슨 미끄럼틀에 올라갔는데 너무 좁아서
엉덩이가 끼더만 그냥
뛰어 내려왔어 세 걸음이었지
그네는 한쪽 줄이 끊어져 있고
철봉은 너무 낮았어
시소 위에 하얀 눈 정오 햇살에 몸 녹이고
교문 앞 문방구 아저씨는 백발이었어
문방구 옆 약국은 문방구보다 먼저 문을 닫았다네
향숙이는 부산으로 시집가서 쌍둥이 엄마가 됐다고
방앗간 앞에서 만난 향숙이 아버지 묻기도 전에 알려주
더군
아이들 하나 없는 학교 앞 개울 건너
허름한 방앗간만
텅텅텅 돌아가고 있었어

잠깐 잠든 사이
내 머리에도 하얀 눈이 내렸는데
털어도 떨어지지를 않네

골무꽃

아버지를 따라온
그녀의 눈은 살쾡이 같아
마주치면
선 채로 오줌을 쌌다

아버지가 외출하신 날은
뒷산 어머니 산소에 누워 있다가
잠이 들기도 했는데
깨어보면 금방 벗어놓은 뱀 껍질이
골무꽃에 걸려 반짝거렸다

평생 한 벌뿐이던 어머니
흰 명주저고리 옷고름

괭이밥

노원구 중계본동 산 104번지
깨진 슬레이트 지붕 사이
괭이밥 숨어 산다

그 집에 사는
103세 노인은 이름도 없단다
하나님도 이름을 몰라 부르지 못하신단다
한생 하늘만 바라보고 살아온 사람들
수직으로 곧게 한번 서보지도 못한
괭이밥들

그래도 봄 오면
그 가라앉은 지붕 사이
노란 얼굴 내밀고
언덕 아래 사람들 내려다본다

구름

탈탈 털어 넌 빨래가 잘도 말랐다
늘 하던 이 일도 꾀가 나는지
뒤집어진 양말을 보면 잔소리가 하고 싶다

하나님도 나처럼 꾀가 난 걸까
하늘 가득 빨래가 널려 있다
방망이로 두들겨 냇물에 헹구어낸 이불홑청
한쪽 팔이 잘린 아버지의 런닝구
어머니 흰 버선 한짝
바짝 마른 빨래들이 바람에 흔들리고 있다

오늘은 하나님 대신 어머니가
빨래 걷으러 나오셨으면

그리움도 냄새가 있다

비린내가 싫다고
고등어 한 마리 못 굽게 하는 사람이
젓갈 냄새가 싫다며
김치에 새우젓도 못 넣게 하는 사람이
고향 사는 누이 보내준 김치 잘도 먹는다
반쯤 삭은 황새기 그대로인 김치를
잔소리 없이 먹는다

삭다만 젓갈 냄새보다
그리움의 냄새가 더 진한 것일까
누이 김치 하나로 밥 한 그릇 다 비운 남편

표정 없는 얼굴이
영정사진 속 어머니를 닮았다

길이 있었다

충북 단양 피난골로 이사를 왔지요
동네 어른들은 가끔씩 멧돼지가 나온다고
어두워지면 방에만 있으라 했지요
해발 500미터
구름이 가까이 있어서 좋고
별똥별 여러 개가
한꺼번에 떨어지는 걸 볼 수 있어 좋았지요
가을은 짧게 지나갔고
나무가 알몸을 드러내자
숲이 감추어놓았던 길
화전민들이 지게 지고 오르던
작은 오솔길 보이기 시작했지요
엄동설한 만나야 길이 보이는 게
어디 인생뿐이던가요

덧니

제 몸 죽는 줄 뻔히 알면서
신문 우유 배달하더니
입원한 지 삼 일 만에 떠난 계집애
어린 아들 품에 안겨 웃는구나

저 사진 찍으며 저렇게 웃을 수 있었을까
허긴 애 아빠 누구냐 다그칠 때도 웃었지
저렇게 덧니가 삐죽 나왔지

식당 설거지 끝내고
보육원 들러 아들 손잡고 오르던 산동네
사람들 손가락질 피해 사는 꼭대기 단칸방이
제일 편한 곳이라며 웃을 때에도
작고 하얀 덧니 반짝거렸지

그 덧니 뽑으면 죽을 것 같다더니
영정사진 든 아들에게 심어놓았네

떼떼아떼떼[●]

자생지: 지중해 연안
개화기: 4~5월(자연 개화)
색상: 흰색, 노랑
물 주기: 표면이 마르면 흠뻑 준다
햇볕: 직사광선이 직접 닿지 않는 밝은 곳

아파트 화단에 버려진 미니 화분
이름표만 꽂혀 있다
어느 먼 별에서 날아와 이름 하나 남겨놓았을까

뇌성마비 진백이
가눌 수 없는 몸으로
별빛 잡아당기며 내는 웃음소리

떼.떼.아.떼.떼

● 미니 수선화의 다른 이름.

꽃삼합*

방사형으로 날줄을 놓고
동그랗게 씨줄 감다 보면
푸른 달빛 속
지친 물 발자국 소리 들렸지
완초 밑 야물게
해당화 분홍 꽃물 들이면
어느새 썰물
밍그적거리며 날이 밝았지

서른다섯 섬 처녀
해산하고 싶은 마음
완초 끝 힘주어
한 올 한 올 엮다 보면
뱃고동 울리는 새벽
아무도 몰래 작은
꽃삼합 하나 낳았지

● 왕골로 만든 공예품.

제2부

늦가을 언덕

장마에 절벽이 무너지면서
같이 무너져내린 한 아름 소나무
거꾸로 선 채 겨울을 맞았다
절벽과 소나무가 서로 기대고 살아온 세월이
얼마인지 모르나
절벽은 골다공증처럼 구멍이 생겼고
나무는 허리가 꺾었다
쏟아져내린 돌무더기 속
아직도 발 하나를 다 빼지 못한 소나무
혼자 누렇게 떠서 겨울을 맞고 있는데
성급한 눈발이 그 위를 날고 있다

문혜리

결혼 이십 년 만에
혼자 떠난 여행이
철원군 갈말읍 문혜리라니
면회할 사람도 없는 군부대라니
멀찌감치 위병소 바라보다가
잔설 밟으며 산길 내려온다

날이 선 칼바람에
실핏줄은 터질 것 같은데
마른 가지 솔방울
끝까지 못 해준 말처럼 매달려 있다

가슴팍 열어 바람이라도
끌어안고 싶은 날
혼자 떠난 여행이
그대를 처음 찾았던 문혜리라니

벼꽃

뉘슈?

밑이 빠지도록 힘주어 낳은 딸
남 보듯 하시는 엄마 앞에서
남이 되어보는 일
남이 되어 엄마 숟가락에 조기 한 점 발라놓는 일
흘리신 밥알 주워 상 모서리에 올려놓는 일
싱거운 냉수 한 모금 드시게 하는 일

그것도 일이라고
수고했다고
꽃이 피었네

고실고실한 저녁밥이 들녘에서 익어가네

별똥별

커튼도 안치면서
왜 팬티만 입고 있나 몰라
주방에서 보니
환히 들어오는 앞집 거실
팬티 바람 사내 혼자 전화를 하고 있다

며칠 전 앰뷸런스 바쁘게 다녀간 뒤
낮에는 어둠만 웅성대던 집
우울증 앓던 그녀가 떠난 뒤
불빛이 환하다

환한 불빛 열고
베란다로 나온 사내
뿌연 담배연기 뿜어대는데
별똥별 하나가 가슴으로 떨어진다

보슬비

봄비를 풀어 그림을 그린다
네가 떠난 후
다시는 물오를 것 같지 않던 마음에
연두빛 새살 돋고
내가 떠나던 길 위에 봄바람 살랑이는데
아무리 덧칠을 해도 지워지지 않는 얼굴

봄비를 풀어 그림을 그리다 말고
진통제 한 알 털어 넣는 4월

비
소리 들리지 않는다

보호수

지하 주차장 만든다며
잔뿌리 찍어대던 날
정신 줄 놓아버린
사백 년 은행나무

가을 잎이 마른 초록이다

복자기나무 단풍 들다

가족들을 두고 혼자 내려와 있는
산속에 남편이 온단다
아침처럼 반가운 사람이 온단다
온다는 소식에 붉어지는 마음

결혼해서 이십오 년
십 년쯤은 부부였고
십 년쯤은 친구였다가
지금은 연인인

산중턱 홀로 선 복자기나무
아침부터
노을빛으로 흥건하다

봄날

마당과 밭을 오가며 생활하던
고양이 가족이
아랫집에서 논 쥐약을 먹고 죽은 뒤
마당에 새들이 날아왔다
손가락만 한 무당새가 꽁지를 흔들며
여기저기 기웃거리다
스스로 놀라 화들짝 날아올랐다

길고양이 밥을 주면서 가끔
고양이가 잡아다 놓은 작은 새를
무심히 묻어주곤 했는데
이제는 새들이 찾아와
기억 속에 고양이를 물어다 놓는다

살아 있는 것과 죽은 것이
바람과 햇살을 흔드는 이른 봄날
청매화 눈까풀에 앉았던 겨울이
자리 털고 일어나
개울로 가고 있다

봄앓이

편두통이 심했다
한쪽 다리도 저리고
오른쪽 눈꺼풀도 조용히 떨렸다
심장이 두근거리는 것은
너무 많이 마신 커피 때문일 거라고 생각했다
아스피린 한 알을 먹고 누워
배 위를 여기저기 눌러본다
명치 끝이 딱딱하다
소장과 대장 사이를 쓸어내리다
종양으로 떼어낸 자궁과 난소가 있던 자리에서 멈췄다

수술을 마치고 나오던 날
창밖에는 꽃잎 떨어뜨리던 목련나무가 있었지
사산을 하고 누운 여자
지는 목련 꽃잎 같은 얼굴로
떠나는 나를 보고 웃었지

남과 북

철조망을 사이에 두고
당신과 내가 서 있다
구월 풀벌레 소리 깍지발로 서 있고
새벽 달빛에 몸이 젖은 우리

당신과 나 사이
이거 하나 치우지 못해
한 백 년 같이 녹슬고 있다

분례

마을회관 옆 개울가 마른풀 쌓아두는 창고에서
가끔씩 한 여자가 머리에 검불을 이고 나왔다
꽃무늬 월남치마를 입은 그녀
헝크러진 머리카락 훑어내리다 말고 치마를 탁탁 털면
치마에선 꽃잎이 흔들렸고 가슴은 출렁였다
어쩌다 한 번씩 마을에 나타나 히죽히죽 웃기만 하던 그녀
가슴에 늘 안고 다니던 국방색 보따리를 한 손으로 토닥
일 때면
사람들은 아기를 낳아본 여자라고 수군거렸다

어느 날 새벽 그 창고에서 한 남자가 튀어나왔다
달빛이 쫓아오는 줄도 모르고 도망치는 사내
그가 튀어나온 헛간이 벌겋게 불타고 있었다
마을 사람들은 미친년 짓이라고 떠들었고
그 후 분례는 마을에 나타나지 않았다
사내를 쫓아가던 달빛은 벙어리였다

분재 앞에서

쓰다 만 시 한 편
요리조리 굴리다
웃자란 것 또 자르니
잘린 자리에 진물이 찐득하다
나올 때 모습 없고
묶어두었던 자리 움푹 들어가
휘어 있다
제멋대로 자라게 두면 무엇이 될까
발도 못 뻗는 작은 화분에서
만들어진 시 한 줄에
영양제 서너 알 올려놓는다

빙판길 걸으며

얼음 위에 반사된 빛이 흔들린다
관절에도 길이 생겼는지
뼛속으로 바람이 지나간다
찬바람 내 몸에 집을 짓는 길
앞으로 걷는 것이 불안해
옆으로 걷게 되는 길
아슬아슬한 이 길을 얼마나 걸었을까
넘어지지 않으려 붙잡은 허공이
돌처럼 차고 단단하게 뭉쳐
내 가슴을 누르고 있다

허공을 붙잡다

길이 나를 내동댕이쳤다
세 살 딸아이를 업고 있던 내 팔은
아이 대신 금이 가고
주저앉아 꼼짝할 수 없었던 골반은
이십 년이 지난 지금도 그날을 기억하며 욱신거린다
빙판길 아닌 하루가 어디 있었을까
종종걸음으로 살아온 길
저무는 해 앞에서 돌아보니
자빠질 때마다
내가 짚고 일어난 것도 그 길이었다

차고 시린 그 길을
언 손바닥으로 잡고 일어설 때마다
실핏줄같이 늘어난 금들
그 사이를 파고들던 찬바람 지금도
내 몸을 돌고 있어, 나는
한여름에도 수족 냉증을 앓고 있다

상강

마른 망초대가
꼿꼿하다
제 몸의 습기를 모두 버리고
가벼워지기까지
얼마나 뜨거운 날 견뎌야 했을까
살아 흔들리던 들녘이
바람 스적임에 바스러져 모퉁이 벽에 기대 서 있고
마지막 발자국 떼려던 황혼
멈칫 뒤돌아본다

새 옷

아랫도리 껍질을 벗겨내면
나무가 죽는다며 할아버지
수십 년 된 은행나무 껍질을 벗길 때
아프단 소리 대신
퍼런 나뭇잎 흔들었다

고작 백 년을 사는 사람이
천 년도 사는 나무 어찌 알까
담벼락에 기댄 은행나무 맨살로 땡볕 견디더니
보란 듯 탱탱한 은행 흔들어댄다

껍질 도려내는 아픔을 견딘 나무
노랗게 새 옷 갈아입는 가을
할아버지도 새 옷을 입으시고
먼 길 떠나셨다
할아버지 입으신 새 옷도 노란색이다

새벽 세 시

잇몸만 주저앉은 게 아니다
헐렁한 게 어디 거기뿐일까
자다 말고 일어나 오줌 누는 일
언제부턴가 그 귀찮은 일을
매일 밤 하고 있다

서쪽 노을

반월공단
생산직 사원 모집 공고

자격: 열 손가락 모두 사용 가능한 자

외국인 노동자 한 사람
붕대감은 손을 들여다보다가
또 들여다보다가
자꾸 들여다보다가
소래포구 가는 버스 올라탔는데
그냥 혼자 보내도 되려나 몰라

섬 집

바다를 보며 늙어가는 집이 있다
두꺼운 비닐로 덧옷을 해 입은 창문은
바람이 불 때마다 재채기를 해대고
시렁 위 작은 항아리엔
겨우내 고욤이 삭는 집

허연 콧김 내뿜던 누렁소 팔려가던 날
아버지 눈에서 서리꽃 피던
헛간 곁 미루나무 끝에서
바람 잡고 맴돌던 가오리연은
빈 까치집에서 겨울을 나고
하루 서너 번 버스 지날 때
흰둥이 꼬리 흔들던 곳

강화군 하점면 망월리 367번지
사랑채로 기운 대문에 들어서면
놀란 마당이 달려가
등이 휜 어머니 업고 나오는 집

섬

그림을 보면 마음이 읽힌다는 사람에게
망망대해 작은 섬 하나
그 섬에 뿌리내린 소나무 한 그루
노을 젖어 붉어진 새 한 마리
비슷하게 그린 그림 여러 장 보였더니
한 평생 혼자도 살 사람이라고 합니다
한 평생 그렇게 살아도 좋을 내가
엄마가 되고 아내도 되는 동안
어머니 깊은 바다 건너셨습니다
가시다가 오랫동안 뒤돌아서 계십니다

제3부

소리 나는 길

검은 선글라스 쓴 여자가 걸어갔다
드륵드륵 드르륵
지팡이가 그녀를 옮길 때마다
울퉁불퉁하던 길이 소리를 냈고
허공도 듣고 있던 소리를 하나씩 던져주었다

전철이 지나갔고
옷 가게에선 윤도현의 노래가 들렸다
잉어빵 천 원에 세 개
작은 포장마차도 힘껏 소리를 질러주었다
학원에서 쏟아져 나온 아이들 우우우
철새 소리를 내며 빠져나갔고
바쁜 앰뷸런스가 앵앵거리며 지나갔다

소리를 따라가는 그녀 뒤를
소리 없는 내 길이 가고 있다

속살이게

옆집 새댁 친정 다녀왔다며
한 바가지 들고 온 바지락 위로
속살이게 한 마리 기어다닌다
조개의 몸에 들어가 살면서
다리와 눈을 퇴화시킨 작은 게
남의 몸 빌려 살아온 삶이 희고 여리다

단칸방 셋방살이하면서
보고도 듣고도 알고도 모르는 척
주인 눈치에 배부르던 신혼
아득한 그때가 생각나
깊고 물컹한 어둠으로 숨어드는
작은 게 한 마리 자꾸 꺼내 들여다본다

어떤 손

4호선 마지막 전철
몸도 제대로 가누지 못하는 남자가
옆에 앉더니 집에 갈 차비 좀 달란다
벌어진 앞니 사이로 역한 술 냄새가 났다
집에 갈 돈도 없는 게 술을 처먹어
천 원짜리 몇 장 쥐어주며 괘씸해 하는데

돈을 받는 그의 손
칼날을 쥐어도 베일 것 같지 않다
그 거친 손으로 무슨 일 했을까
천 원짜리 몇 장 쥐어준 내 손이 부끄러워
일찌감치 일어나 문 앞으로 가는데
잘 가라고 그 손이 인사를 한다

아버지 잠꼬대

그해는 유난히 추위가 빨리 와서
시월 쌓아둔 볏단에 하얀 눈 소복했지
얼음물에 젖은 볏단 건져놓고 오신 아버지
밤새 끙끙 앓으시며 잠꼬대하셨어
발 시리다는 그 잠꼬대 소리
객지에 나가 길 잃고 헤맬 때마다 회초리가 되었지

며칠 전
아버지 이불에 나란히 누워
옛날얘기했지
그때 걸린 동상이 아직도 남아 있어
한여름에도 양말을 신고 잔다는 아버지 말이
회초리보다 더 아프게 나를 때린 밤
밖에는 흰 눈이 내리고 있었어

아버지

결혼하기 전 지하 자취방

곰팡이 쫓으려고 사온 선풍기

혼수품 속에 딸려와 십여 년 함께 살았다

아이들이 끌고 다닐 때도

이삿짐 속에서 머리가 꺾일 때도

어두운 창고 속

겨울을 견딜 때도

얼굴 한번 찡그리지 않고 당당하더니

장정 같은 에어컨 들여온 날부터

주방에 쭈그리고 앉아

내 눈치만 살피는

숨소리 가랑가랑한

신일 선풍기

아버지와 노을

저물녘 돌아오시던 젊은 아버지의 지게엔
붉은 노을이 한 짐이었다
아버지가 허기진 하루를 마당 위에 내려놓으면
가마솥에 밥은 뜸이 들고
나는 마당 가득 노을을 펼쳐놓고 서서
아버지가 걸어 들어온 바닷가를 바라보았다

지금은 늙은 아버지
저문 서쪽 바다를 향해 앉아 계신다
당신이 걸어놓으신 어머니의 영정사진도
바다를 보고 있다
다음 생에 만남이 이생처럼 간절하다

노을은 늙지 않고 아버지만 늙어 애달픈
바닷가의 저녁

어스름녘

살얼음을 온종일 깨고 있었다
초겨울 들판에서
외발이 썰매도 혼자 놀았다

누군가 내 이름도 불러주겠지
굴뚝 위를 맴도는 매운 연기라도
아무나 부른 메아리라도
그렇게 저녁밥 기다리던 어린 시절

배고픈 석양만
내 곁에 내려앉고
어머니 목소리 끝내 들리지 않았다

엄마의 밥상

먼 길 오느라 애썼다며
차려주시는 밥상
반찬 그릇마다 묵은 때 끼어 있다
정갈하기로 소문난 엄마가
백내장을 앓기 시작하면서
그릇마다 얼룩이다

찜통에서 막 꺼내 올려놓은 호박잎 위
엄마 눈 피한 벌레 한 마리
노랗게 잘도 익었다

밥 한 그릇 더 먹기를 바라는
엄마의 뿌연 눈앞에서
가슴으로 비운 강된장 한 그릇

열꽃 피다

산 능선에 앉아 사과를 깎았다
어디서 날아왔는지
주위를 맴도는 벌 한 마리
쫓아도 잠시 다시 달려든다
끈질기게 달려드는 벌
깔고 있던 신문으로 내려치고
산길 내려와
너 떠난 집에 들어서니
열꽃이 피려는지 으스스
몸이 열린다

오월

아카시아꽃 멍울멍울 하얀 날
여드름 핀 딸 데리고 병원 간 김에
내 눈 밑 도독한 점 하나 떼었습니다

점 떨어지는 냄새가
화장터에서 맡고 온
당신 가슴 타던 냄새 같아
아카시아꽃 향기가 연기처럼 매웠습니다

외길

여러 해 동안
할아버지는
오동나무를 바라보았다

텃밭에 떨어진
오동꽃
오래도록 등지고
바라보았다

오동나무 길게
잘려지던 날
할아버지 아흔다섯 해가
따라 누웠다

홀로 남은 지팡이
대문에 기대어
손님을 기다린다

외로움의 뿌리는 깊다

하루 남은 팔월이 조용하다
전화벨은 울리지 않고
그의 안부가 궁금했으나
산책을 했고
마당에 풀을 뽑았다
외로움은 가뭄을 견딘
풀뿌리보다 깊이 박혀 있어
무작정 잡아당기면 뿌리가 끊어진다
호미 끝으로 살살 끝이 보일 때까지 파내고
큰숨을 돌리며 끌어안아야 한다

유리벽 닦는 사내

아슬아슬한 밧줄에 앉은 사내
한쪽 옆구리엔 비눗물
한쪽엔 물 호수를 끼고
몇 년 동안 세수 한 번 못한 유리벽을
시원하게 씻어내린다

얼룩이던 바람 자국 씻어내니
노을 앉아 있던 너럭바위 선명하고
바위 아래 붉나무 데인 듯 앉아 있다

산을 등지고 앉아 유리 닦는 사내를
말없이 지켜보던 산
어스름 저녁 걸어 내려와
어머니 품에 사내를 내려놓는다

유월 뻐꾸기 운다

뻐꾸기가 운다
툇마루에서 바라보는 앞산 언덕
이른 아침 뻐꾸기 소리 감자밭을 넘어온다
성큼성큼 걸어서 온다
감자밭에는 아침부터 쭈그려 앉은 어머니의 등이
앉았다가 일어서고
다시 일어서고

총성 멎은 지 반백 년이 지났지만
스물에 멈춘 아들 가슴에 박고
유월이면 감자밭에 나가
우두커니 되시는 어머니

앞산의 뻐꾸기가 뻐국뻐꾹하면
뻑뻐꾹
뻑뻐꾹 뻑뻐꾹…… 병국아
밭고랑에 엎드려 아들 이름을 부른다

뻐꾸기가 운다
어머니 가슴에서
스무 살 뻐꾸기가 운다

육쪽마늘

친정에서 보내온 마늘
베란다에 걸어두고 아껴 먹었다
조금씩 꺼내 먹는 동안
입춘이 찾아왔고
탱탱하던 마늘이 까맣게 말라버렸다
아낀다고 둔 것 잃어버린 것이 되었다
돈 주고 산 것이면
이렇게 마음이 쓰릴까
밭고랑에 엎드렸다 일어나는
구부정한 엄마 모습 떠올라
젖 뗀 강아지처럼 하루 종일 낑낑거렸다

어떤 인연

새벽 눈 밟고 돌아다니던 발 그대로 들어와
내 겨드랑이에서 잠자던 고양이 있었는데요
그 젖은 발이 이불 속에서 마르는 동안
밀고 들어온 문틈 사이로 찬바람 들어와
내 코끝 시렸는데요
촉촉하게 젖어 있는 고양이 코에
내 시린 코 갖다 대기도 하였는데요

겨울 바닷가 민박집
얼음 밥 핥던 길고양이 한 마리
어릴 적 창호지 문틈으로 들락거리던 고양이 같아
그 눈빛 마주치고 온 후로
오슬오슬 온몸이 떨리네요

잘못 걸려온 전화

이천에서 왔단다
찧은 지 얼마 되지 않은 쌀이란다
방앗간에서 직접 들고 나와 값이 싸단다
아파트에 사시는 사모님들
농촌 총각 좀 도와달란다
하소연하는 소리가 볼메던 동생 목소리 같아
지갑을 들고 신발 신는데,
이런 씨발 년아
꼴도 보기 싫으니까 꺼져
온갖 욕설이 확성기를 통해 쏟아진다
확성기를 끄고 전화받는 것을 잊은 남자가
욕지거리를 다 끝내도록
수신자가 되어 서 있던 나는
트럭이 떠나고 난 후 듣지도 않은 수화기를
내려놓았다

재수 좋은 집

괜찮다
봄눈에 미끄러져
홍매화 꽃잎이 떨어져도 괜찮다
출장 간 남편 남녘 붉은 동백하고
살림을 차려도 괜찮다
애기 동백 멍울멍울 꽃봉오리
줄줄이 피어나는 봄
재수 좋은 집에 들어가 아귀찜을 먹는다
괜찮다
아귀찜에 콩나물만 가득이어도
달걀찜에 간이 빠져도 괜찮다
늘 허방만 짚고 살아온 삶도
이 집에 들어오면 이야기로 풍성해져서
괜찮다 괜찮다
서로의 어깨를 토닥이는 집
수락산 자락 허름한 음식점에서
쓰다 만 시 한 줄 아귀찜에 넣어 버무리니
독했던 시가 싱거워진다

저녁 저수지

머리카락 풀어헤친 나무 그림자가
허우적거린다
산 그림자는 보이지 않고
그림자 끝에 매달린 붉은 구름이
물결을 차고 논다

저수지 둑에 앉아 바라본 하늘
땅에서 올라간 어둠이
초승달 위에 앉아 있고
둑 아래엔 달맞이 노란꽃
어둠 속에 환히 피고 있다

정지된 시간

아차산 고개에서 휘청했다
별거 아니겠지 했는데 시동이 꺼졌다
오도 가도 못하는 시간
사방에서 울리는 경적 소리에
아카시아꽃 냄새가 역하게 느껴졌다
더운 바람은 가로수의 머리채를 잡고 흔들었다
견인차를 기다리는 동안 멈춘 시간

세상 한복판
고장 난 채로 서 있던 내가
견인차에 실려가던 날이었다

제4부

지우개 밥

딸아이 책상 위에 지우개 밥이 소복하다
이제 봉오리를 연 것이
지우고 싶은 것 그리 많았는지
제 살갗의 때를 벗기듯 지워낸 흔적

책상을 치우다 말고
지울수록 선명해지던 너를 생각한다
떠난 사랑을 지우는 일은
살갗을 벗겨내듯 아픈 일이어서
네가 떠나고
밤마다 문질러댄 가슴은
봄바람에도 따끔거렸다

진눈깨비

눈꽃도 무거워진 어머니
다리 셋으로 마실 다니신다
옆집 점순이네 문턱을 넘을 때마다
다리 하나 먼저 들여놓고 봉당 안을 살피신다
미루나무 그늘만큼의 거리에서 살아온
점순이 엄마가 죽은 뒤 마실이 잦아지신 어머니
아무도 없는 남의 집 봉당에서 궁시렁거리신다
근래의 기억들은 모두 꽃잎처럼 졌는데
깊은 주름에 피는 때아닌 복사꽃
어머니를 업고 돌아오는 길
어머니 등 위에 육 남매 매달리듯
진눈깨비 매달리는데

오신 길을 다시 가고 싶으신지
가느다란 두 다리가 허공을 딛고 있다

매미 소리

점심을 말아 넘긴 공사장 인부들이
느티나무 정자에 나란히 누워 있다
철근 더미 밟고 다니던 무거운 신발은
하늘을 향해 가슴을 열고
땀에 전 발바닥은 나란히 길가를 보고 있다
모두 한쪽 손등으로 얼굴을 덮고 있다

멀리 늙은 어머니
자장가 부르며 걸어오신다

처서

논두렁 콩알이 여문다
바람 지나간 코끝 들깨 향기가 난다
마당 가운데 키 큰 바지랑대 끝
잠잠자리 앉아 망보고
밭고랑에선 치마 내린 누런 호박
단내 풍긴다

고추 말리는 엄마 재채기 소리
돌절구 주저앉은 봉당 돌아 나오고
동네 하나뿐인 쉰다섯 총각 호섭이
빈 경운기 몰고 큰길 나서는데

언덕배기 홀아비 혼자 살던 집
허물어진 돌담
연분홍 상사화 한 무더기
덤불 헤치고 산을 오른다

첫사랑

방울을 단 고양이가 생닭 집 담벼락에
쪼그리고 앉아 있다
다가갈 수 없는 거리
거리를 좁히고 싶어 먹이를 들고 가도
잡히지 않을 만큼의 거리를 두고 달아나는 놈

내 첫사랑도 그랬다
열두 살이나 많은 친구 오빠를
늘 그만큼의 거리에서 바라다보았다
그만큼의 거리에는 바람에 갈꽃이 흔들렸고
햇살도 휘청거렸다

좁힐 수 없는 거리에 쪼그리고 앉아
생닭 냄새에 헛배 부르는
길고양이 목에 달린 방울은
한때 누군가 사랑의 표현이었으리라
스스로 풀지 못하는 인연이었으리라

아마 그도 첫사랑이었으리라

추분

달랑달랑 달랑 무
세 단에 오천 원
제때 임자를 만나지 못해
잎이 누렇게 뜬 달랑 무가
트럭 한가득 주인을 기다리고 있다

한참을 지나치다 다시 돌아가
달랑 무 세 단 사고 보니
얼마나 돌고 돌았는지
많이 내동댕이쳐졌는지
만신창이가 되어 있다

새벽 인력시장에 나가도
데려가는 사람이 없다던
사람
사람
그 사람
또 하루를 공치며
누렇게 떠가던 사람아

큰언니

십 년 누웠던 시아버지 삼우제 날

작은 시아버지도 눈을 감아

한꺼번에 둘이나 장사를 치렀다는 큰언니

스물다섯 시집가던 해

시댁 초가지붕엔 풀이 무성하다며

꽁꽁 언 동태 궤짝째 이고 친정 동네 와 팔았지

동네 사람 보기 창피하다는 아버지 혼잣말 먼발치서 듣고

반쯤 남은 동태 들고 올라탄 버스

가난한 살림 사내 하나만 낳고 싶다더니

줄줄이 딸 셋 낳고 막내아들 태어난 날에서야

쌀밥에 미역국 넘기던 언니

동태처럼 퍼렇게 언 몸이 아직도 녹고 있어

기도할 때마다 눈물이 질퍽하다

필름 속에서 길을 잃다

오랜만에 꺼내 본 결혼식 비디오
20년 전 청년들은 중년이 되었고
아이들은 청년이 되었는데
아직도 아이로 남아 있는 충섭이

국민학교는 나와야 한다고
교문에 데려다 놓으면
운동장 구석
혼자서 시소 놀이 하던 아이
사람들 속에 끼여 불안한 눈빛이다

고속버스 타고 온 먼 길
사촌누나 결혼식 비디오 속에 들어가
나오는 길을 잃어버린
아직도 열한 살, 막내

하얀 민들레

가마니를 짜다 말고 들어와
다섯 번째 또 딸을 낳은
종손 며느리는
서슬 퍼런 시아버지 기침 소리에
미역국 한 모금 넘기지 못하셨단다
핏덩이 광목으로 둘둘 말아놓고는
젖꼭지 한번 물리지 않으셨단다

밭고랑 가득 피어 있는 하얀 민들레
가만히 들여다보는 꽃 속
배고픈 내가 엄마를 찾고 있다

한낮 유리창 밖을 바라보며

밤에는 밖의 어둠이 나를 본다
지금은 내가 어둠이다
먹을 것 없나 두리번거리던 고양이
유리창 안 내가 보이지 않는지
눈동자의 경계를 풀고 햇볕에 앉아 있다

한낮 유리창으로 들어온 앞산
그 푸른 숲에 들어가
소나무 한 그루 되어본다
나무의 고요 속으로 들어가
단단한 옹이 되어본다

천 년, 같이 적막한 꿈꾸어본다

호랑나비

길 가던 아이들 모여
나뭇잎 가득 기어 다니는
호랑나비 유충을 보고 있었다
유충이 내미는 노란 혓바닥
아이들 중 하나가 막대기를 들고 와
나뭇잎을 후려쳤다
마른땅에 떨어져 꾸불꾸불 기어가는 유충들
사방으로 흩어지고 있었다

나이를 먹으면서
호랑나비 화려한 검은 줄무늬가
그때 후려친 막대기 자국 같아
나비가 날아오를 때마다
가슴 쓸어내리는 버릇이 생겼다

흑백사진

동생한테 머리채를 잡히면서
싸움은 시작됐다
육 남매가 반으로 나뉘어 싸우다
모두 울면서 끝난 싸움판
끝나고 나면 툇마루 가장자리
큰언니부터 나란히 무릎 꿇고
손을 머리 위로 올렸다

이제 와 다시
맞은 나와 때린 너
먼저 간 언니까지 내려와
육 남매 끌어안고 싸울 수 있다면
백발이 허연 머리채 잡히고 싶다
아버지의 불호령 다시 들려와
기울어진 툇마루에 무릎 꿇고
손 머리 위 올리고 싶다

흰 도라지꽃

소아마비 앓는 언니
혼자 뉘어놓고도
도라지밭에 나가 저물녘 돌아오던 엄마

언니 학교 들어갈 때
비녀 빼고 머리 잘랐다
무명 치마 벗어던지고
아버지 바지 고쳐 입으셨다

아이들이 절름발이 언니를 놀릴 때마다
떨며 울던 언니의 목소리를
밭고랑에 엎드려 어떻게 들으시는지
호미를 내두르며 단숨에 달려가셨다

허공이 우는 소리를
너무 많이 들으신 것일까
언니가 졸업하고
허공이 조용해지자
엄마 귀는 아무 소리도 듣지 않았다

가끔은 아파볼 일이다

냉장고 구석에 박혀 있던 장아찌가
앞으로 나와 있고
식탁을 들락거리던 반찬들
깨끗이 비워졌다
짜고 맵고 신 것
부글부글 엉겨붙는 것
냉동고를 꽉 채웠던 냉동식품
모두 없어졌다
싱크대 위에 그릇들도 말끔하고
현관에 신발도 가지런하다
내가 아파 병원에 있는 동안
착한 우렁각시 살았나 보다

마른 꽃 피다

시간을 견디지 못한 나무들이
옷을 벗는다
시궁창까지 꽃밭을 만들어놓는다
바람 닿는 곳이면 어디든
피는 마른 꽃
가을엔 길을 걷는 것이 꽃을 밟는 일이다
어쩌다 내 어깨 위로 떨어지는 나뭇잎은
꽃이 되기 전에 한 말씀하신다
끝까지 떨어지면 꽃이 될 수 있어

겨울 장미

뜰에 떨어진 노을이 가시에 찔려 있다

붉은 지등 걸고 흔들리는 집

문턱 없이 혼자 살던 무당 집이다

나팔꽃

호기심 많은 어떤 사람은
불 밝힌 채 꽃 피길 기다렸다지
어둠을 통과하지 않으면
꽃이 피지 않는다는 소리에
불의 밝기를 점점 더 높여보았다지
환한 불빛 아래
꽃은 끝내 봉오리를 열지 않더니
피지도 않고 져버렸다지

달개비꽃

천둥소리가 산허리를 내려친다
나무들은 일제히 바람이 부는 방향으로 허릴 숙이고
긴장한 계곡은 숨이 가쁘다
산허리를 훑고 흐르는 흙탕물 속에
종아리를 걷고 산을 움켜쥔 달개비
꽉 다문 입술에 멍꽃이 핀다

거미줄에 걸리다

시골집 대문 안에 들어서자
얼굴에 거미줄이 달라붙는다
허공과 허공을 엮어 만든 가벼운 집

그랬다
오래전부터 나는
높은산저녁나방 꽃무늬불나방 등과 함께
거미줄에 걸리기도 했고
그 아슬아슬한 생의 끝에서
밤이슬도 맞고 있었다

구석에 숨어
커다란 먹이를 보고 있을
거미 한 마리 생각하며,
얼굴에 붙었던 거미줄을 떼어내는데
시커먼 땅거미 한 마리
내 앞에 서 있다

변두리가 들어왔다

서성이는 곳은 늘 변두리였다
일부러 간 것은 아니지만
걷다 보면 어느새 그곳에 가 있었다

내가 닮은 것이 나무 그림자이며
노란괭이밥이란 것도
그곳을 서성이며 알았다

쉰이 넘으면서
내가 서성이던 변두리가
내 안으로 들어왔고
나는 그의 변두리가 되었다

그래서 오늘도
내 안에 들어온 들꽃 하나가
나를 붙들고 있는 것이다

회억과 빙의의 날들

정병근(시인)

시는, 하고 싶지만 하지 않은 말이며 결국 하지 못한 말이다. 그러면서 언젠가는 해야 할 말이다. 말은 발설과 소통의 욕망을 간직한 채 무의식의 비원悲願을 형성한다. 말을 너무 참으면 마음에 병이 찾아오는 것도 이와 무관치 않을 것이다. 요즘은 정신의학으로 이런 병리 현상을 이해하고 치료할 수 있지만 예전에는 무속의 영역이 이를 대신했다. 자의에 의해서든 타의에 의해서든 억눌린 말은 정신을 왜곡시키고 우울증을 불러온다. 말을 가지고 태어난 이상 적당하게 할 말을 하면서 사는 것이 정신 건강에도 좋지 않을까 생각한다. 말은 이야기(사연)이다. 말을 하는 사람은 그 사연에 얽힌 스트레스를 해소하고, 말을 듣는 사람은 그 사연에 공감함으로써 서로 소통하며 위로를 주고받는 것이다.

일상적인 말과 달리 시는 심연의 울림을 끌어낸다. 그렇기 때문에 단순한 소통을 넘어 미적 카타르시스를 동반한다. 사유가 숙성되고 내외적 동기가 충만할 때, 시는 다채로운 모습으로 발화發話/發火하면서 무의식의 수면을 박차고 나온다. 시는 이처럼 자발적인 표현의 세계인 것이다. 시인은 모든 물상들이 거느리는 현상과 예후에 영감을 쏟아부으며 비유와 상징과 암시의 세계에 들어선다. 마치 빙의하듯 '모든 것은 나와 연결되어 있다'는 범아적인 사유를 내보인다. 시인은 시를 통해 무슨 말을 하고 싶은 걸까.

　윤순영 시인의 시에서 가장 기본이 되는 정서는 '고백'일 것이다. 우리는 누구에겐가 끊임없이 자신을 고백하고 싶다. 이것은 앞서 말한 '말의 본능' 때문이다. 말은 고백을 통해 정화된다. 그런 의미에서 윤순영의 시는 '회고문학'의 범주에 들어간다고 볼 수 있다. 윤순영 시인은 자신이 살아온 삶의 곡절들을 다양한 시적 대상에 투사하여 마치 연작과도 같은 한 편의 사연(가족사)을 드러내 보인다. 꼭 한 번은 짚고 넘어가야 할 자전적 서술의 욕망이 시의 전편에 걸쳐 작용하고 있는데, 그럼에도 그의 시적 표현과 호흡은 길게 늘어지지 않고 단정한 운문의 형태를 띤다. 이는 표현의 미학적 성취를 높이기 위한 다이어트의 결과로 보인다. 윤순영의 시는 짧다. 대부분의 시편들이 3음절을 넘지 않는 행갈이에 15행 이하의 특징적 구조를 가지고 있는데, 요사이 산문적인 시들과는 확연한 차별성을 띤다. '짧은 시'는 응축된 상징과 이미지를 형성한다. 진술적인 메시지보다 묘사적인 이미지를 추구하는 맥락 속에서 어떤 인물들(특히 가족)과 관련한 추억을 이

끌어낸다. 가족은 윤순영 시의 핵심 컨텐츠라고 볼 수 있다. 주로 자연물(식물)과 지명, 계절 변화 등에서 시인의 마음에 각인된 사람들을 하나하나 호명하는데, '저것을 보니 누군가가 생각난다'는 연상의 패턴을 취하고 있다.

시가 '고백'에 전념할 때, 시 속의 '나'는 필연적으로 세월과 추억에 휩싸이며 가족 서사(사연)의 자장에서 쉽게 빠져나오지 못한다. 시인은 마치 제사장의 심정으로 '나'와 그들에 얽힌 인연들을 하나하나 불러내어 기록하고 증언한다. 그러면서 한판 굿이라도 해서 이들의 영혼을 위무하고 싶은 심정에 빠진다. 사부곡과 사모곡, 형제애가 뒤섞인 자의식의 맴돌이를 거듭한다. "내가 잡아당긴 종소리는 언제나 마당을 지나다 멈췄다.// 마당을 지나다 멈춘 종소리"(「시인의 말」)는 윤순영의 시가 고수하는 영토이다. 윤순영의 시적 모티브는 주로 계절과 식물에서 얻어진다. 「삼월」, 「시월」, 「봄날」, 「상강」 등등이 전자라면, 「누님꽃」, 「골무꽃」, 「떼떼아떼떼」 등등은 후자이다. 말하고 싶었지만 말하지 못한 시인의 비원이 계절과 식물의 사태에 옮겨 붙으며 빙의하는 것이다. 과다할 만큼 부모(특히 어머니)를 떠올리고 있는 그의 시는 마음 깊은 곳에서 다하지 못한 불효에 대한 참회이며 진혼곡이라 할 수 있다. 그의 시의 이러한 경사傾斜는 다중을 향한 뉘우침의 제스처를 노출한다. 부모는 늙고 죽음으로써 우리에게 불효를 다 그친다. 불효는 원초적인 죄책감이다. 시인은 그 죄책감 속에서 자신이 부모가 되어 뒤늦게 깨닫는 인생 순환의 심리적 궤적을 보여준다.

사루비아꽃등 심지 돋는 저녁
양지쪽 돌담 알을 까고 내려오는
사마귀 한 마리 보았네
교미를 마친 후 수컷을 잡아먹는
서늘한 눈빛 아니었네

다음 날 저녁 그 사마귀 다시 보았네
사람과 마주치는 것이 귀찮은 듯
고개 돌린 채
알을 까고 내려온 돌담을 맴돌고 있었네

며칠 후 노을빛 천천히 돌담 내려올 때
사마귀 그 빛 따라 열반에 들었네
뒹굴던 낙엽 상여가 되고
바람이 곡소리를 하며 떠난 뒤
알집은 합장한 채 긴 겨울 고요히 견디었네

그때 내 나이가 열다섯이었네

—「시월」 전문

알을 낳고 소멸해가는 "사마귀"의 모습에서 시인은 어머니
를 떠올린다. "사루비아꽃등 심지 돋는 저녁"은 삶의 절정을
드높이는 역설적 발언이다. "시월"은 결실의 전성기인 동시

에 쇠락을 예비하는 계절이 아닌가. 생식은 자연의 모든 생명들이 전 생애를 품고 지향하는 삶의 목표이다. 자연의 시간으로 볼 때 생식(사랑)과 죽음(이별)은 잠깐의 순간에 일어나는 사소한 사건에 불과하다. 시인은 "사마귀"의 죽음을 "열반"에 빗대면서 "상여"와 "곡소리"로 어머니의 죽음을 끌어당겨온다. "알집"은 어머니가 지극으로 품은 '새끼들'이면서 시인의 형제들로 치환된다. 그리고 "열다섯" 살 때 어머니가 돌아가셨음을 알리는 결구를 통해 어머니를 일찍 여윈 슬픔을 드러낸다. 어릴 때 세상을 떠난 어머니는 시인의 마음속에 깊은 상처로 각인되었을 것이고, 불행한 삶을 살다간 과거의 어머니의 초상과 현재의 어머니가 된 시인 자신의 모습을 연결시키면서 '모성 동질감'을 느끼고 있음을 알 수 있다.

윤순영 시인은 위의 시 외에도 많은 시편들에서 '어머니'에 대한 애틋한 감정을 드러내고 있다. 이와 함께 '아버지'와 '형제들'도 자주 등장하는데 엄밀히 말하면 이들은 시인의 옛날 가족(친정 식구)이다. 시인이 이처럼 옛날 가족을 떠나지 못하는 것은 시인의 내면에 상실과 미만未滿의 포원이 자리 잡고 있기 때문이다. 그래서 시인의 자아는 여전히 과거의 불행한 공간을 헤매고 있다. 현세의 행복에 대한 반발 기재(죄책감)가 무의식 속에 작동하고 있는 것으로 파악된다. 과거가 편치 않으면 결코 현재도 편치 않다.

아버지를 따라온

그녀의 눈은 살쾡이 같아

마주치면
선 채로 오줌을 쌌다

아버지가 외출하신 날은
뒷산 어머니 산소에 누워 있다가
잠이 들기도 했는데
깨어보면 금방 벗어놓은 뱀 껍질이
골무꽃에 걸려 반짝거렸다

평생 한 벌뿐이던 어머니
흰 명주저고리 옷고름

—「골무꽃」 전문

　이 시는 홀로된 아버지를 향한 어린 경계심을 축약된 서술로 아름답게 그려내고 있다. 아니 지우고 있다. 시는 다 말하는 순간 물거품이 된다. 시의 미학을 높이는 것은 자초지종이 아니라 절제된 말임을 시인은 잘 알고 있는 듯하다. 시인은 이 시를 완성하기 위해 숱한 말길을 내고, 지우고, 다듬었을 것이다. 드러냄과 감춤의 황금비를 찾아 나름의 노력을 다한 결과 이처럼 오뚝한 슬픔 하나를 세울 수 있었을 것이다. "골무꽃"이라는 하나의 이미지를 물고 "아버지", "그녀", "어머니", '나'가 슬픈 서사를 이루며 절묘하게 어울리고 있다. 시적 자아의 개입을 최소화한 채 '다만 그랬을 뿐'이라는 자세로

구구한 사연의 시치미를 떼고 있다. 홀아비가 된 아버지를 탐하는 "살쾡이" 같은 "그녀" 때문에 '나'는 늘 조마조마한 마음 상태에 놓여 있다. "아버지가 외출한 날"은 외도를 암시하는 듯한데 "뒷산 어머니 산소에 누워 있다가/ 잠이" 든 상황으로 옮겨 가면서 속된 추측을 회피한다. 아마도 아버지와 그 여자가 사랑을 나누는 악몽을 꾸었을 것 같기도 하다. "골무꽃에 걸려 반짝거"리는 "뱀 껍질"은 마치 불륜의 흔적처럼 섬뜩하다. 연이어 "골무꽃"은 "평생 한 벌뿐이던 어머니/ 흰 명주저고리 옷고름"처럼 불쌍한 꽃이라는 생각에 잠기면서 "아버지"와 "그녀"에 대한 원망을 내재화한다. 이 시는 절제된 문법으로 아슬아슬한 긴장을 타고 있는데 한마디만 더 보탰다면 이처럼 아름다운 시가 되지 못했을 것이다.

　　윤순영의 시는 대부분 하나의 대상을 어떤 인물로 은유(활유/ 의인)하는 방식을 취하고 있기 때문에 해석하는 데에는 그리 어렵지 않다. 특히, 꽃 이름에 대한 소재적 천착은 두드러지는 특징으로 꼽을 만하다. 시인의 선택에 의해 정확하게 비유된 사물은 시 속에서 아름답게 빛난다. 각각의 이름들이 풍기는 뉘앙스와 이미지들이 시인이 설정한 인물(상황)들과 절묘하게 맞아떨어지면서 내적 진술(기의起意)에 앞선 미학을 성취하고 있다. 가령 「벼꽃」에서 치매든 어머니를 느끼고, 「괭이밥」에서 빈민촌 사람들의 노랗게 뜬 얼굴을 보고, 수선화의 다른 이름인 「떼떼아떼떼」를 통해 뇌성마비를 앓는 "진백이"의 웃음소리를 듣는 것은 매우 타당한 비유가 된다.

제 몸 죽는 줄 뻔히 알면서

신문 우유 배달하더니

입원한 지 삼 일 만에 떠난 계집애

어린 아들 품에 안겨 웃는구나

저 사진 찍으며 저렇게 웃을 수 있었을까

허긴 애 아빠 누구냐 다그칠 때도 웃었지

저렇게 덧니가 삐죽 나왔지

식당 설거지 끝내고

보육원 들러 아들 손잡고 오르던 산동네

사람들 손가락질 피해 사는 꼭대기 단칸방이

제일 편한 곳이라며 웃을 때에도

작고 하얀 덧니 반짝거렸지

그 덧니 뽑으면 죽을 것 같다더니

영정사진 든 아들에게 심어놓았네

—「덧니」 전문

  이 시 또한 앞의 시 「골무꽃」에 못지않은 감동(슬픔)을 몰
고 온다. 제목이 품고 있는 역설적 발상이 시의 감도를 드높
인다. 그냥 시 속으로 들어가 보자. 이 시의 주인공은 "입원
한 지 삼 일 만에 떠난 계집애"인데 어린 미혼모를 지칭하는

듯하다. 병약한 그녀는 혼자서 여러 일을 하면서 풍파를 겪다가 그만 죽었다. 엄마가 어리니까 아들도 어리다. 그녀는 영정사진 속에서 "어린 아들 품에 안겨 웃"고 있다. 아들을 둔 젊은 여자의 죽음은 크나큰 슬픔일 것인데 어찌 저리 천진하게 웃고 있는가. 제목이 "덧니"니까, "덧니"는 웃어야 드러나니까, 웃을 때 가장 빛나는 "덧니"니까…… 매우 역설적인 비극이 아닐 수 없다. 그녀의 웃음은 사회의 '울타리'에서 소외된 웃음이고 주위를 경계하며 살아가는 약자의 여리고 여린 웃음이다. "사람들 손가락질 피해 사는 꼭대기 단칸방이/ 제일 편한 곳이라며 웃을 때에도/ 작고 하얀 덧니 반짝거렸지"라는 구절은 마치 만가輓歌처럼 그녀의 죽음을 더욱 애잔하게 이끈다. 그리고 "그 덧니 뽑으면 죽을 것 같다더니/ 영정사진 든 아들에게 심어놓았네"라는 마지막 구절에서 엄청난(?) 반전을 암시하고 있다. 얼핏 보면 아들의 덧니는 엄마에게서 물려받은 슬픔의 상징으로 이해되지만 좀 더 굽이쳐 생각하면 끝내 슬픔을 딛고 일어나는 덧니의 웃음으로 되살아난다. 단연 이 시의 핵심이다. 아들의 덧니가 엄마의 불행을 단번에 극복하는 반전의 덧니가 되기를 간절히 빌 뿐이다. 필자는 이 구절을 '슬픔의 반전'이라고 해석하고 싶다. 그래야 한다.

윤순영 시인의 시는 한 편씩 뽑아 읽기에는 부담이 없으나 모아놓고 보면 '소재주의 시'의 한계를 노출한다. 유사한 발상(방식)들이 반복적인 흐름을 형성하기 때문이다. 이는 다른 시인들에게도 흔히 보이는 현상이다. 일관성이라는 측면에서 보면 좋을지 몰라도 습관과 버릇의 상투성을 극복하지 못하면 전체적인 단점으로 지적될 수도 있다. 또한 시인 자신의 현재 심경을 서술한 시편들은 다소 늘어지고 완성도가 떨어져 보인다. 세월을 안타까워하거나 노골적으로 처지를 비관하는 계절시(혹은 절기시)들은 그리 새롭지 않게 읽힌다. 자전적 서술의 욕망이 시를 조급하게 몰고 가기 때문이다. 시에는 나이가 보이지 않아야 한다. 한 권의 시집에 실린 모든 시들이 다 수작일 수는 없을 것이다. 심지어 '두 편만 건지면 성공'이라는 농담도 있다. 자신에게는 절실한 문제이겠지만 독자는 또 다른 권태를 느낄 수도 있음이다. 독자는 시를 읽고자 하는 사람이 아니라 안 읽으려고 발버둥치는 사람이라는 점을 상기하자. 그러나 그럼에도 시인은 말(이야기)하기를 멈추지 말아야 한다. '무엇을? 어떻게?' 시인의 고민은 늘 여기에 있다. 시는 늘 영점에서 출발하는 빈털터리의 마음이다. 감춤과 드러냄, 나아감과 되돌아옴의 창조적 호흡 속에서 시는 끊임없이 재 탄생한다. 이것은 필자에게 다짐하는 말이기도 하다.

　아래의 시는 가상의 시간을 그리고 있어 색다른 흥미를 일으킨다.

　　사람들이 모여들기 시작했다
　　잠을 자는 것 같다고 그들은 말했지만
　　그녀는 하나님과 이야기를 나누는 중이었다

　　조문객 적은 것이

사람들 보기에 쓸쓸한 일일지 모르나

그것은 그녀가 원하는 일이었기에

그녀가 먼 길 떠난 것을 아는 사람은 그리 많지 않았다

유품을 정리하던 자녀들은

그녀가 지니고 살았던 모든 것들이

진짜가 아니라는 것을 알았다

빛나던 것들은 모두 가짜였다

아무도 거들떠보지 않았던

나무 십자가만

어둠속에서 혼자 빛나고 있었다

―「그날」전문

　전지적 시점으로 전개한 이 시는 일종의 임사 체험처럼 읽
힌다. 죽은 "그녀"를 '나'로 환치하면 더욱 의미심장해진다.
살아 있는 동안 우리는 수없이 죽음을 생각한다. 죽음을 염
려하는 마음 때문에 온 인생이 슬프고 우울하다. 꿈에서조차
죽음의 악몽에 시달린다. 누구나 꿈속에서 한 번쯤은 죽어봤
을 것이다. 죽은 자신의 모습을 구경하는 꿈도 꾸어봤을 것
이다. 시 속의 "그녀"는 수없이 죽어본 '나'의 환영이다. 이 시
에서 중요한 것은 죽음을 대하는 "그녀"의 태도이다. 1연과
2연의 흐름으로만 보면 "그녀"는 평화롭고 소박한 죽음을 맞
는 듯하다. 그러나 "유품을 정리하던 자녀들은" 3연에 이르면

서 시가 갑자기 무거워진다. "그녀가 지니고 살았던 모든 것들이/ 진짜가 아니"고 "모두 가짜였다"는 것은 무엇을 의미할까. "자녀들"은 대체 무엇을 "알았다"는 말인가. "그녀"의 가식적이고 위선적인 삶을 고발하는 내용일까. 그렇다면 1연과 2연의 태연자약한 모습 또한 부정적인 뉘앙스로 읽힌다. "그녀"는 죽어서까지 하나님과 자신을 속인 몹쓸 사람이 되는 것이다. 더욱이 "혼자 빛나고 있"는 "나무 십자가"조차 "그녀"에게 등을 돌린 상황이 된다. 정말 그런 의도로 쓰인 시일까. 의구하는 마음으로 다시 읽어보니 험한 세상에 적응하고 사느라 불가피하게 "가짜"를 택한 "그녀"의 행위에 연민이 느껴지기도 한다. 그렇게 읽어도 되겠다 싶다. 이처럼 시는 하나의 단어(표현)에도 예민한 반응을 유발한다.

윤순영 시인은 시적 사태事態를 직관적으로 통찰하는 이미지스트Imagist적 면모를 보인다. 그의 시는 이미지로 단련된 운문의 화법을 구사하고 있다. 산문화, 사변화로 흐르는 요즘 시의 경향과는 차별성을 가진다. 그는 드물게도 감춤의 언어미학을 터득하고 있는 듯한데, 수작과 태작이 뚜렷하게 구분되어 보이는 것이 흠결이라면 흠결이다. 아무튼 그의 시가 가족사적 회억의 시공으로부터 벗어나서 더 넓고 자유로운 세계로 나아갔으면 좋겠다는 바람을 가져본다. 이 시집이 그 출발점이 될 것으로 믿는다.